한국 희곡 명작선 175

이놈 네이놈 썩을놈

동.상.이.몽 同床異夢

한국 희곡 명작선 175

이놈 네이놈 썩을놈

동·상·이·몽 同·床·異·夢

봉회장

평민사

몽회장

이놈 네이놈 썩을놈 — 동.상.이.몽 同.床.異.夢

"같은 자리에 함께 있어도 다른 꿈 다른 생각을 하고
겉과 속 마음이 다르다"

등장인물

막수 _(아버지) 전형적인 시골 사람, 아들이 차린 제사상에 나타난다. 매우 엄격하지만 등장할 때부터 웃긴다.

말자 _(어머니) 매우 온순한 성격, 자식들 걱정을 많이 한다. 등장할 때 막수처럼 웃기게 등장한다.

춘길 _(큰아들) 아버지의 농사를 이어받아서 시골에서 농사를 지어가면서 장남으로서 모든 집안의 일을 맡아서 한다.

순덕 _(큰며느리) 이 집안의 장손 며느리로 매우 활동적이며 모든 집안의 큰일을 맡아서 남편을 도와 일을 한다. 나중에 집안에서 보물을 찾는다.

정순 _(둘째 며느리) 이 집안의 둘째 며느리로 남편과 아이들을 해외에 보내고 홀로 살아가는 기러기 같은 여자. 무척 억세다. 한 가지만 아는 고지식하면서 솔직한 성격.

춘성 _(셋째 아들) 매우 활동적이며 날렵한 성격의 소유자며 아내인 미자의 말에는 고개를 숙이는 못난 남자, 무조건 아내 말에 찬성을 하는 성격.

미자 _(셋째 며느리) 서울의 술집 출신으로 춘성을 잡은 행운아 같은 여자. 돈만 생각한다, 어떻하면 돈을 뜯어갈까 궁리만 한다. 남편의 사업 실패로 사채를 쓴 돈을 갚아야 한다고 주장한다.

만수 _(춘자 남편) 알콜중독자, 아내인 춘자의 행방을 찾아 제샷날 찾아오지만 그 제삿날이 본인의 제삿날인 줄도 모르고… 엄청 술고래. 털털한 성격의 소유자.

사채 _남에게 돈을 저리로 빌려주는 고리대금업자. 매우 날카롭고 무섭다. 하지만 본인이 세상에서 제일가는 해결사라고 주장한다. 하지만 자기 무덤에 자기가 당하면서 죽는다.

경수 _재수없게도 여자 친구의 부탁대로 오토바이를 타고 드라이브를 하다가 춘길의 동네에서 죽은 남자. 부모에 대하여 매우 저돌적이면서 나쁜 생각을 갖고 있다. 부모의 이혼으로 인하여 반항적인 아이.

민희 _부모의 잔소리, 학교에서의 왕따, 여러 가지 힘든 상황에서 경수를 만나 행복을 느끼지만 그만 오토바이 사고로 죽어 자기의 과거를 반성한다.

제1장

때는 현대, 전형적인 허름한 옛 양옥집.
제사 준비에 모두 바쁘게 움직인다.
마당에서 빈대떡을 부치고 있는 정순.

정순 (일하다 말고 씩씩거리며) 형님, 형님은 화 안 나요?

순덕 화? 화는 왜?

정순 아니, 매년 하는 일에 꼭 그 집만 늦게 오고, 아니면 제사 다 치르면 그때 나타나잖아요. 손님처럼 왔다가 그냥 휙 둘러보고는….

순덕 서울 사는 사람들이 얼마나 바쁘겠어, 그 집이 또 워낙 바쁘잖여. 우리가 이해해야지.

정순 그래도 그렇죠. 힘든 일은 우리가 다 하고 자기는 싹 빠지고, 아니, 그렇다고 뭐, 제사상 차리라고 돈이라도 턱 내놓는 것도 아니고.

순덕 그만둬, 돈은 무신, 아, 얼마나 차린다고 매년 차리는 거.

정순 그래도 그렇죠, 형님, 요즘 물가가 얼마나 올랐는지 아세요? 무 하나에 2000원에다가 배추, 상추, 나물….

순덕 부엌에서 무 좀 갖다 줘.

정순 투덜대면서 부엌 쪽으로 가려다.

정순   재주는 곰이 넘고… (이때 빵빵 하고 자동차 소리 들린다)
       아이고, 호랑이도 지 말하면 온다더니 아주 제때 딱
       맞춰서 나타나네. 나타나….
순덕   이보게, 아무 말도 하지 말어, 작년처럼 또 한바탕 하
       지 말고.
정순   이그, 알았어요. 형님. (퇴장한다)

대문을 열고 들어오는 미자.

미자   (섹시하게 애교) 어머. 어머, 어머, 성님드~을 벌써 준비
       를 다 하셨네, 아이, 이번에도 늦어서 미안해요 형님.
순덕   준비는 무신, 이제 절반도 못했는데.
미자   그래도 항상 준비는 큰 형님이 다 하시니까 미안해
       서 호호호.
정순   (나오면서) 미안한 거 알면 일찍 좀 오면 안 되나 만날
       늦게 나타나서 (흉내) 형님~ 미안해서 호호호호 웃지
       나 말지.
순덕   이그, 그만해둬.
정순   내가 뭐, 틀린 소릴 했나.
미자   아이, 형님도 제가 언제 늦게 왔다고 그래요. 작년엔
       일찍 왔잖아요. 요번엔 차가 밀렸다구요. (눈치 보며)

아이 이거 무거워서….

순덕   뭘 그런 걸 갖고 왔어 무거운데.

정순   무겁긴요 이리 줘. (하면서 빼앗듯이 갖고 간다) 이게 뭐가 무거워.

미자   어머~ 형님, 힘이 쎄시네.

정순   힘은 내가 뭐가 쎄, 일부러 아이 힘들어, 아이 힘들어 하면서 약한 척 하는 거지.

순덕   그만해, (미자에게) 동서가 예뻐서 그런 거니까 이해해.

미자   호호호. 알고 있어요. 형님, 여기 들어오는 길 좀 넓히면 안 돼요? 너무 좁아서 저희 차가 여기까지 들어오지 못해서….

정순   그럼, 으타타타~~ (헬리콥터 흉내) 헬기 타고 와.

미자   형님은 나만 보면 미워해요. 그럼 앞마당에다가 헬기장을 만들어 주시던가.

정순   뭐야!

미자   나만 보면 미워하니까 그렇지요. 오랜만에 봤는데.

정순   그럼 예쁘게 봐줄 테니까 일찍 일찍 내려오던가.

미자   네~~에 형님.

이때 춘성 들어온다.

춘성   (좀 날날이 스타일) 안녕하쎄요~ 저~ 왔~ 씁니다요.

정순   어서 오세요.

순덕   오셨어요.

춘성   아이고~ 벌써 준비들 다~ 하셨네, 형님은요?

순덕   뒤쪽 광에 계세요 제사에 쓸 물건을 꺼낸다고… 잠깐만요. (퇴장한다)

춘성   형수님, 올해도 춘만이 형님은 못 오신대요?

정순   네….

춘성   에이 아무리 일도 중요하지만 그래도 일년에 한번 있는 부모님 제사엔. 그러니까 제 말은 너무 오래 외국에 계시면 적적도 하시고 또 이런 날 와서 시로 일굴도 보구….

정순   비행기표 값이 얼마나 비싼 줄 알아요? 그 돈이면 애들 학비에 보태야죠.

춘성   참 형수님도, 언제쯤 나오신대요?

정순   내년 가을이나 겨울에 나오겠죠.

미자   어머, 그럼 그때까지 형님은 안 보고 싶으신가 봐. 형님은 기러기네 기러기. 끼~~륵 끼륵~~

춘성   여보.

미자   어머, 호호호. 미안해요 형님, 요즘 기러기 엄마 기러기 아빠 하니까 나도 모르게 생각이 나서 호호호.

아무 소리 안 하고 일하는 정순.
그런 모습을 바라보는 춘성은 미자에게 눈짓을 하며 어서 도와서 일하라는 눈짓을 준다. 하지만 미자는 발이 아프다고 투

정한다.

정순 일 안해도 돼, 다했으니까.

미자 (놀라며) 어머, 형님, 뒤에도 눈이 있어요?

정순 내가 한두 번 겪는 일인가? 척 보면 알지. 그냥 푹~ 쉬고 있어.

미자 (손 걷어붙이고 일하며) 형님은 그렇게 속이 좁아서 어째요.

정순 내가 뭘.

미자 (약 올리듯) 형님은 우리보다 가까우니까 일찍 오는 거지, 우리야 서울서 내려오고. 길도 막히고, 요즘은 얼마나 일이 바쁜지 저이 얼굴 좀 보세요. 쪽 말랐잖아요.

춘성 헤헤 형수님, 제가 좀 말랐죠?

정순 피골이 보이네요. 좀 있으면 아예 못 알아보겠어요.

미자 아이 형님도. 그만큼 바쁘다는 거예요. 형님도 서울 살면….

정순 난 서울 안 살아….

미자 그럼 여기보다 좀 더 멀리 사시던가.

춘성 여보! 형수님, 이 사람이 내려오느라 피곤해서….

정순 됐어요. (하면서 부엌으로 간다)

미자 왜 저렇게 쌀쌀한 거야. 날 못 잡아먹어서 안달났어. 지난번 내려왔을 때도 그랬잖아.

춘성	여보, 당신 왜 그래 여기 놀러 왔어? 오늘 제삿날인 거 알잖아….
미자	내가 뭘? 나도 그런 줄 알고 왔단 말야 일하려고. 그런데 오자마자 나한테 시비 걸잖아. 누군 뭐 늦게 오고 싶어서 그래, 서울서 살아봐. 서울서 살면….
춘성	알았으니깐 조용히 좀 하자. (가려는데)
미자	알았어, 여보, 당신 이번엔 내려온 목적 절대로 잊어먹지 마. 작년처럼 어물쩍 또 넘어가면 올라가서 당장 이혼이야. 알았어?
춘성	하, 이 사람 알았어. 알았으니까 당신이나 절대로 흥분하지 마. 말끝마다 이혼이야.
미자	그러니 이번엔 10억 확실히 확답 받아 갖고 가.
춘성	어허, 조용히 해! 누가 듣겠어. 10억이 누구 애 이름이야? 형님이 10억이란 돈이 어디 있어? 그리고 당신 자꾸 돈돈 하는데 제사 끝날 때까지 제발 좀 가만 있으면 안 돼? 그러다가 누구라도 들으면….

이때, 춘길, 순덕 등장한다.

춘길	왔냐? 오는데 많이 막히지?
춘성	막히긴요….
미자	(애교) 아이, 안녕하세요. 길이 어찌나 막히는지 오다가 오줌까지 쌀 뻔했어요….

정순	저. 저. 말하는 거… 하고.
미자	어머… 어머, 요요 주둥아리 호호호호. 참, 아주머님 드리려고 갖고 온 게 있는데. 여보….
춘성	엉? 어… 형님!

하면서 양주를 꺼내준다.

춘길	이게 뭐냐? 양주 아냐? 뭘 이런 걸 사왔어. 귀한 걸….
미자	그래서 깨질까 봐 제 품에 꼭 안고 왔어요.
정순	씨암탉인가 꼭 껴안고 오게.
순덕	이보게!
정순	왜요, 내가 틀린 소리 했어요, 꼭 껴안고 올 게 없어서 술병을 껴안고 오냐구.
미자	형님? 으흐흑, 너무하세요. 제 성의도 무시하고.
순덕	남의 성의를 그렇게 무시하면 어떡해.
정순	내가 뭘.
춘길	다들 그만해, 오늘 아버지 어머니 제삿날 뭐 하는 거냐?

한숨을 내쉬며 퇴장한다.

| 순덕 | 동서, 사과해. |

정순	싫어요.
순덕	정말 못해? 그만 울어… 둘째 동서가 미워서 그런 건 아니잖아. 일하다 보면 힘들어서 그런 거니까 이해해.
미자	흑흑, 난 그저 선물을 드리려고 했는데 흑흑.
순덕	동서도 어서 미안하다고 하고.
정순	….
순덕	어서.
정순	미안해.
미자	미안해요. 형님. (분위기 확 바꿔서) 호호호. 참, 형님 선물도 있어요.
정순	….
미자	오다가 샀어요.
정순	엿? 나보고 지금 엿 먹으라는 거야?
미자	그런 뜻이 아니에요. 너무 맛있어 보이기에….
정순	나 엿 안 먹어!
미자	그럼 큰형님이나 엿 먹어요
순덕	그래, 아 어서 동서도 받아, 동생이 주는 건데.
정순	(받는다) 다음엔. 엿 먹으라고 하지 마.
미자	알았어요. 형님 엿~ 드셔요~~오.
정순	이 사람이.
순덕	(모두 어색하게 웃다가 같이 웃는다) 자 어서 남은 거 마저 준비하자고.
미자	다 하신 거 같은데 제가 할 게 아직 남았어요?

순덕 글쎄….

정순 다 하긴요 아직 빈대떡 부치다 말았는데, 동서는 빈대떡 좀 부치고 있어. 우린 준비할 거 내올 테니까, 가요 성님.

순덕 빈대떡은 아까 동서가 다 부쳤잖아?

정순 더 부쳐야 해요 부치다 말았어요. 형님 어서 들어가요. (퇴장하는 두 사람)

미자 (모두 퇴장한 거 보고는) 기가 막혀서, 뭐? 아직 빈대떡 부칠 게 많이 있다고? 다 부쳤으면서 뭐하자는 거야 성질나게… 으이 성질나. 내가 빈대떡이나 부치러 여기 왔어. 비싼 옷에 기름 튀면 어떡해… 지네들은 이런 옷이나 입어 보기나 했어. 싸구려 아니면 시장 옷이겠지…

(관객석에다) 어머~ 아주머니, 혼자 오셨어요. 너무 고우시다, 연세가… 어머 그렇게 안 보여요. 내가 보기엔 아직 팔팔하신 거 같아요. 너무 곱다. 어쩌면 그렇게 고우실까? 아직도 젊은 청년들이 줄을 쫙 서겠다. 진짜예요 나 거짓말 절대로 안 하는 성격에요, 어머 이 피부 좀 봐, 탄력 있다, 호호호 저 부탁이 있는데 들어 주실 거죠? 꼭 들어 주셔야 돼요. 이리 와서 내 대신 빈대떡 좀 부쳐주세요. 이리 좀 나오세요. 이웃끼리 어때요. 이웃 좋다는 게 뭐예요. 호호.

관객을 무대 위로 미자가 데리고 나온다.
빈대떡을 부치면서 관객과의 애드리브.
이때, 정순 나온다.

정순 아니 이게 뭐야? 내가 동상 시켰지 누가 돼지엄마한테 시키라고 했어. 아이고 죄송해요. 아무리 이웃이 좋다지만 죄송해요. (관객을 다시 객석에 앉히고는) 동상! 동상은 어쩌면 그래? 빈대떡 부치는 게 뭐가 힘들어서 냄새나는 돼지 키우는 돼지 아줌마한테 남의 제사 빈대떡을 부치라고 하면 어떡해? 뻔뻔하게.

미자 뭐? 뻔뻔? 어머, 어머, 말하는 거 봐 뻔뻔하다니 내가 언제 뻔뻔하다고 그래, 그깟 일 좀 시켰다고 나보고 뻔뻔하다니 (다시 그 돼지 아줌마에게) 아줌마 내가 뻔뻔하게 일 시켰어요? 이웃이니까 당연히 같이 도와 달라고 한 거지 안 그래요? 기가 막혀서 이젠 아주 사람까지 잡네 잡어, 기껏 도와줘도 탈이야 정말.

정순 뭐야? 말이 나왔으니 말이지 동상이 언제 일찍 와서 한번이라도 도운 적 있어? 그리고 그깟 빈대떡 하나 부치라고 했더니 기껏 돼지엄마더러 부쳐달라고 해? 그게 동상이 할 짓이야?

미자 자긴 뭐 제대로 하는 게 있나 말로만 씨부렁대니….

정순 지금 뭐라고 했어? 씨부렁? 보자보자 하니까 말이면 다하는 줄 알어?

미자 씨부렁이라니? 누가요?

정순 지금 씨부렁이라고 했잖아.

미자 내가 언제요.

정순 기가 막혀서 늦게 온 주제에, 또 한 번 뭐라고 하면 가만 안 둬.

퇴장한다.

미자 흥, 나도 피차일반이야, 귀도 더럽게 밝네. 암튼 이번엔 나도 지지 않을 거야, 두고 보자고, (관객에게) 아깐 고마웠어요. 돼지엄마. 여기만 오면 혈압 올라, 으~ 신경질 나. 제사 같은 거 없으면 얼마나 편해. 죽은 사람 제사 지낸다고 살아오나. 죽으면 끝인 걸 이런 거 왜 하는지 몰라. 정말 싫어. (신경질) 이래서 내가 핑계대고 내려오지 말자고 했더니, 아니지, 내가 참아야지 돈 뜯어내기 전까진 참아야지. 예쁜 오! 미! 자! 참아라 참아, 성질대로 하지 말고 참자, 그래, 긴 호흡~ 후후후, (다시 신경질) 아~ 그래도 억울해 암튼 두고 보자… 어림없지 어림없어… 이 집만 팔면 못 받아도 20억은 넘겠다. 그리고 땅하고 뭐 이것저것 하면 100억은 되겠지. 그럼 10억이 아니라 30억 정도는 무난히 받겠지 호호호.

춘성 뭘 그렇게 중얼거려?

미자	에구머니, 여보!!!!! 사람이 나오면 인기척이라도 해야 할 거 아냐. 깜짝 놀랐잖아, 귀신인 줄 알고.
춘성	이 사람은 남편보고. 그나저나 걱정이 있어. 이것 좀 봐. (휴대폰을 보여 준다) 혹시 그놈들 여기까지 오지 않겠지? 전화하고 문자가 오는데 내가 일부러 안 받았어.
미자	참 당신도 여기가 어딘데 그놈들이 오냐고. 그래서 내가 이달 말까지 참아 달라고 했어, 우리도 돈 구하는데 그 정도 날짜가 있어야 한다고.
춘성	에이, 그러게 사업을 더 넓히는 게 아닌데. 사채까지 써서 이 꼴이 됐으니….
미자	여보, 내가 그 사채 돈 쓴 만큼 아니 그 이상도 이번에 빼낼 수가 있어.
춘성	당신이?
미자	왜 놀래? 이 집 좀 봐.
춘성	이 집?
미자	그래 이 집 이거 얼마 가겠어? 땅하고 집하고.
춘성	한… 10억?
미자	20억. 그리고 논, 밭, 뭐 등등 합치면 100억은 무난하다 이 말이지.
춘성	당신….
미자	호호호. 난 이런 데는 밝은 사람이야.
춘성	역시 당신은 내 마누라야. 당신하고 결혼한 게 내 생

애 최고라고 생각해….

미자 말로만.

춘성 (뽀뽀해 주며) 근데 이 집은 안 돼.

미자 왜?

춘성 이 집은 부모님… 그리고 조상 대대로 내려온 집이야. 이 집은 형들도 팔지 않을 거야.

미자 당신은 그래서 안 돼.

춘성 뭐가?

미자 몰라서 물어, 그게 무슨 대수야 죽은 사람들이 뭘 안다고. 그럼 당신은 사채하는 사람들한테 끌려가서 죽고 싶어. 그들이 얼마나 무서운지 요즘 방송도 못봤어.

춘성 아~~ 미치겠다.

이때, 모두 제사를 준비하기 위해 나온다.

춘길 왜 그러냐?

춘성 아니에요. 그냥….

제사상을 차리는 사람들.
병풍을 펴고 과일을 나르고 제사음식을 준비한다.
제사를 하기 위한 준비가 모두 끝난다.
남자들 모두 퇴장하면,

이때 자동차 소리 들린다.

정순   누구지. 이 시간에 여기 올 사람들이 없는데?

들어오는 남자.

사채   아따 똥 냄새, 이 동네 냄새 엄청 나부러라잉 똥냄새가 진동하네. 진동해 아~ 똥냄새. 어이구, 안녕들 하쇼, 아따, 여그가 김춘성이 성님 되시는 김춘길씨 댁 맞죠, 잉.

순덕   누구신지….

미자는 숨는다.

사채   아따, 나가 누구냐 허면 저 써울서 여그까증 존나리 힘들게 내려온 사람입니다요, 그랑께 이 집이 김춘길 씨 집 맞소?

순덕   맞는데요. 저희 남편 되시는데요.

사채   맞는다고라. 아따, 그랑께 지대로 잘 찾아 왔고만 잉… 아따, 길 좀 넓히쇼. 길은 쫌매해갖고….

미자   거봐 길이 좁다고 하잖아.

정순   가만 좀 있어. 그런데 당신들이 온 목적이 뭐예요?

사채   나가 긍게 거두절미하고 말하것는디 그 사람 좀 쪼

깨 나오라 하쇼.

정순   당신들이 뭔데 나오라 말라 해요?

사채   아줌씨, 아줌씨는 좀 빠지슈잉. 생긴 건 먹다 남은 호박껍떼기 같이 생겨 갖고.

정순   뭐, 뭐 호박꺼… 껍데기? 이것들이 그냥.

사채   아줌씨!!!! 존 말할 때 퍼뜩 데리고 나오쇼 잉.

순덕   무슨 연유에 이러는지 알면 안 되나여.

사채   아따, 피곤하네. 긍게 그것이.

정순   그것이라니?

사채   하~ 이 아줌씨, 아줌씨 아줌씨는 좀 빠지쇼잉… 그랑게 그 김춘길이 동상 김춘성이가 2010년 겨울 그랑게 12월 6일 눈이 허벌나게 펑펑 쏟아지던 날 숨이 꼴까닥거리면서 나의 사무실 문을 덜컥 열었제껴불고 급히 돈을 빌리러 왔다 이 말이여, 나가 자초지종을 싸게 듣고 엄청 불쌍히 여겨서 사업자금을 대주었다 이 말여, 아줌씨, 옛말에 물에 빠진 생쥐새끼를 건져 주니께 지 새끼꺼증 건져내란 그런 말 아슈? 그 김춘성이 그놈아가 물에 빠졌을 즉에 나가 건져 주어서 사업을 했는디, 아따, 은혜도 모르는 쪽제비 새끼처럼 지금까지 한푼도 이자를 한푼도 주지 않고 나의 돈을 꿀꺽했다 이 말이요. 알것소. 그래서 김춘성이 그놈아가 보증인으로 김춘길씨가 형님 되신다고 자랑하기에 나가 그 말을 믿고 턱 허니 그 김춘성

21

이한테 돈을 빌려줬다 이 말이오. 그랑게 그놈아가 벌써 석 달째 약속을 지키지 않아서 그놈아 찾아 이 먼곳 여그까증 그 싸가지를 볼려고 왔다 이 말이오. 그놈아가 문자도 씹고 전화도 씹고 다 씹고 연락두절이다 본께, 요것을 잡아서 씹어불까 하다가 나가 승질을 죽여 가면서까지 참아가면서 그놈아가 써준 보증인인 김춘길씨 주소로 직접 찾아서 여그꺼정 왔다 이 말이여. 이제야 알아 듣것소. 어메 길다.

순덕 그럼… 보증인?

사채 보증인 모르쇼? 나가 아닌 제 3자 즉, 나가 못 갚을 시엔 제 3자가 갚는다 이런 걸 두고 보증인이라 하는 것이여, 여그에 도장도 팍~ 찍혀 있다 그 말이오.

순덕 그럼 당신은….

사채 사채, 사채업자여.

순덕·정순 사채업자?

사채 좀 고상하게 말혀서 그랑게 고리대금업자란 말이랑게… 은행을 대신혀서 가난하고 힘든 그분들을 대행혀서 은행에서도 안 빌려주는 엄청난 돈을 아주~ 약한 최고의 저리로 빌려주고 그분들이 다시 한 번 자립할 수 있도록 만들어주는 사람이다 이 말이여. 알아듣것소.

순덕 (뒤에 숨어 있는 미자를 보며) 동서 이게 뭔 소리야?

미자 그… 그게.

사채 으메 사모님. 아따, 여그 계셨구만요잉, 아이고 으째 숨어 있었소.

미자 숨다니요… 내가 왜 숨어요. 근데 여긴 왜 왔어요. 내가 이달 말일까지 준비한다고 했잖아요.

사채 아따, 나도 사람인디 그냥 밤새 귀신도 모르게 톡~~~까면 안녕이고 그라면 하늘만 쳐다보고 있응께 그라면 안 되지이잉, 아따 그래서 여그도 좀 알아볼 겸해서 왔지라잉. 아따, 이 집이 꽤 나가것소. (안을 살핀다)

정순 경찰들한테 알릴까요. 성님.

사채 경찰? 시방 경찰들이라 했소? (하면서 주머니에서 칼을 꺼낸다) 오메 짭새한테 이 상황을 알린다 이 말이여라, 함 해보쇼~~ 전활하던가 아니면 존 나리 뛰어서 알리던가. 맘대로 해보쇼. 다리 몽달이를 콱~ 뿐질러 버린 게.

이때, 안에서 들리는 소리.
등장하는 사람들.

춘길 당신들 누구요?

사채 아따 쓰벌 왜 이 집은 만나는 사람마다 나가 누구냐고 묻는 것이여, (관객에게) 나가 누구? 들었지? 사채업자라니께.

춘길 사채?

춘성   ….

춘길   이보시오 여긴 남의 가정집이요. 그리고 뭔 일인지
      는 몰라도 오늘 저의 집 제삿날입니다. 그러니 저의
      제사가 끝나고 나서 그때 이야기하던가 아니면 내일
      다시 오세요.

사채   제삿날? 아따, 나의 돈을 못 갚아도 제삿날인디 아따
      잘 돼부렀네.

춘성   이보세요. 여기까지 오면 어떡합니까. 여긴 내 집이
      아니에요.

사채   아따 시방 나하고 장난하요? 이거 안 보이요? 이거
      당신이 돈 빌려갈 때 여그 김춘길이 당신 형님이 보
      증선다고 돼 있소 안 돼있소?

춘성   그건… 그냥… 당신들이 보증란에 싸인하라고 해서.
      한 거고 우리 형님하고는 아무 상관이 없는 거요. 그
      러니.

사채   아따, 이젠 닭 잡아먹고 오리발이다 이 말이여? 요
      런 호로자식이 있나 아따 확 잡아다가 생매장 실켜
      불어.

춘길   이것 봐요. 무슨 이유에서인지는 몰라도 제사가 끝
      나고 동생하고 얘기 좀 하고나서 당신들이 원하는
      대로 해주겠으니 시간을 좀 주시오.

사채   아따… 그래도 성님 되시는 분은 야그가 통하네요
      잉, 여그 왔으니 제사 밥도 언어 먹을 겸 쪼매 기다

리리것소. 퍼뜩 끝나고 봅시다. 아따, 집 좋네~~ 아
따 좋아 부러야.

하면서 문간방으로 들어간다.

춘성   죄송해요 형님. 서울서 가게 한다고 사채까지 써서
그만.

춘길   됐다, 끝나고 얘기하자.

제사 준비 하는 사람들.
제사를 준비하고는 모두 밖으로 나간다.

정순   (소리) 동서, 이것 좀 제사상에 갖다 올려놔줘.

이때 바람소리 들리고.

미자   (나오면서) 알았어요, 으이구 그저 일 못 시켜서 안달
났어. 자기가 갖고 나오면 어디 덧나나. (으스스한 음악
과 함께 조명 들어왔다 나가면) 뭐… 뭐야? 이래서 내가
여길 싫다고 하는 거야. 으유~ 깡 시골티 난다니까.

하는데 다시 으스스한 음악과 함께 조명 들어왔다 나간다.

미자　　엄마야!!! (하면서 퇴장)

조명 암전되면서 으스스한 음악 바람 소리.

오토바이 소리.

조명 들어오면 경수 외 민희가 산발한 채 객석에 서 있다.

그리고 조명 다시 꺼진다.

조명 들어오면 다시 객석 앞으로 다시 조명 꺼진다.

조명 들어오면 경수와 민희 무대 위로 올라가 있다.

조명 어두워진다.

경수　　야, 여길 오길 잘했다 이야!푸짐하게 차렸는데.

민희　　정말, 잘 차렸네. 배가 고팠는데 잘 되었다, 먹자.

경수　　집 주인이 오기 전에 우리가 먼저 먹고 튀자.

민희　　그래.

허겁지겁 먹는 남녀.

경수　　어~ 배불러, 오랜만에 먹는 음식이라 정말 잘 먹었다.

민희　　그러게 말야. 정말 오랜만에 맛보는 음식들이야.

경수　　그러게 나만 쫓아다니면 맛있는 음식 얼마든지 먹을
　　　　　수 있다니까.

민희　　널 쫓아다니다가 이 모양 이 꼴이 되었잖아….

경수　　야야, 지나간 얘기는 하지 말자.

이때 순덕 들어오는 소리 들린다.
얼른 숨는 경수와 민희.

순덕   여보!! 여보!!!

모두 나온다.

춘길   왜 그래 여보?
순덕   여… 여보. 저… 저기….
춘길   저기? 저기 뭐?
순덕   없어졌어요… 제… 제사… 으… 음… 음식이….
춘길   음식이?

모두 놀랜다.

춘길   아니 이런 일이… 아버지… 어머니….
춘성   형님! 아버지 어머니가 오신 거예요?
춘길   그래 임마. 어서 다들 엎드리지 않고 뭐해.

다들 엎드린다.
이때, 빼꼼히 나오는 경수와 민희.

경수   아버지 어머니?

민희	우리 보구 아버지 어머니라고 하는데… 재미있다.
춘길	여보, 아버지 어머니께서 얼마 배가 고프셨으면…
	어서 음식들을 더 갖고 나와요
순덕	알았어요.

여자들이 퇴장하면서 음식들을 갖고 나온다.
경수와 민희는 그런 여자들이 갖고 나온 음식을 먹는다.
제사를 지내려는데 또 없어진 음식을 보구선 놀라는 춘길과
식구들.
조명이 서서히 어두워진다.
이때, 시계가 12시를 친다.
놀라는 경수와 민희.

경수	누가 오는 모양인데 들키기 전에 도망치자.
민희	알았어… 어… 어… 경… 경수… 야….

밖으로 도망치려는데 갑자기 바람소리 들려오고 종소리 들리
자 경수와 민희도 움직이지 못한다.

민희	경수야 어떻게 좀 해봐.
경수	나두 움직일 수가 없어.

이때, 모든 것이 정지된다. 무대에 있는 모든 배우는 정지 상태

가 된다.

조명 바뀌면서 등장하는 막수. 등장할 때 사람처럼 등장하지
않는다.

또 이어 들어오는 말자.

막수   아이고 오늘 엄청 막히네. 왜 그렇게 막히는 거야…
이건 뭐야? 이게 제사상 차린 거라고 차린 거야?

말자   그러게요.

막수   이게 차린 거냐구? 다 먹다남은 개뼈다귀처럼… 이
게… 뭐야? 이놈들을 확!!!!!

이때, 몰래 빠져 나가려던 경수와 민희를 발견하는 막수.

막수   야!! 거기, 꼼짝하지 말고 그대로 있어. 좋은 말 할
때 알았지?

민희   네….

경수는 그대로 나가려는데.

막수   꼼짝하지 말라고 했지.

경수   (확 돌아보며) 아저씨가 우리 아버지라도 되는 거야
뭐야!

막수   뭐 임마!!

경수	그렇잖아. 아무 상관도 없는 사람이 우리 보구 꼼짝 하지 말라고 명령하는 거.
민희	경수야….
경수	에이 재수 털려서….
막수	뭐? 재… 재수 털려? 이 자식을 그냥!
말자	여보, 애들한테 왜 그래요.
막수	야 임마, 왜 남의 밥상에 먼저 손대는 거야 엉!! 버르 장머리 없는 놈.
경수	이게 아저씨 밥상인지 어떻게 알아요?
막수	뭐야 임마 딱 보면 몰라?
민희	죄송해요. 제가 너무 배가 고파서요.
막수	야, 너 머리 정돈 좀 해. 그게 뭐냐? 그런다고 누가 놀래냐?
민희	요즘 유행이에요.
막수	유행이야? 나도 그렇게 해볼까?
말자	여보!! 에그, 얼마나 돌아 다녔으면 배가 고프겠니. 이 동네 사니?
민희	아니요… 이 동네 살지는 않구요….
말자	이 동네 안 살어?
막수	걔 죽은 애야 우리하고 똑같애.
민희	네, 저희들도 죽은 사람들이에요.
경수	우리도 그쪽하고 똑같아요.
막수	난 네놈들하고 근본이 달라. 저놈들은 저승에도 못

오고 그냥 떠돌아다니는 원귀들이야 한마디로 잡
귀야.

경수   아저씨 잡귀가 뭐예요? 잡귀가.

말자   불쌍해요. 이리 와서 마음대로 먹어라.

막수   참나, 저놈들한테 그렇게 대하지 말라니까 그러네.

말자   당신은 애들이 불쌍하지도 않아요?

막수   불쌍하긴 뭐가 불쌍해? 봐, 봐 저놈이 날 째려보잖
아. 뭘 봐 임마.

경수   참나, 티꺼워서….

막수   뭐? 티 티꺼워? 저, 저, 어른한테 말하는 거봐.

말자   당신이 그러니까 그렇죠, 이리 와서 너희들 얘기나
해봐. 이곳 동네 사람도 아닌데 왜 이곳까지 왔는지.

경수   오토바이 타고 가다가 이 동네 사거리에서 사고가
났어요. 그 자리에서 즉사를 한 거죠.

막수   너, 폭주족이지.

경수   폭주족은 아니에요. 오토바이가 좋아서 탄 거죠. 그
날따라 재수 없어서 사고가 난 거지.

민희, 흐느껴 운다.

경수   야, 울지 마. 내 잘못이 아니라니까. 그 트럭 새끼가
신호등 무시하고 왔잖아.

막수   그럼, 그놈이 잘못인 거 인정받았어?

경수　받긴요. 그 개자식 그놈은 살아있죠. 그러니까 더럽다는 거예요. 그 자식은 우리 둘이 죽었으니까 무조건 우리가 달려와서 받았다는 거예요.

막수　거기 CC-TV 없어?

경수　순 깡시골에 그런 게 어디 있어요. 내가 이런 깡시골에 오지 말자고 했더니 쟤가 드라이브 하자고 해서… 에이 재수 없어.

말자　너희 부모님들이 슬퍼했겠다

경수　쟤네 부모는 슬퍼했을지 몰라도 난 아니에요.

말자　왜?

경수　에이. 말하면 뭐해요, 엄마, 아버지는 이혼해서 지들 잘나 산다고 그러지… 나 같은 놈 죽거나 말거나 항상 사라지기 바랬거든요. 자식새끼 서로 안 맡으려고 법원 앞에서 죽자 사자 싸우는 그 꼴, 에이 씨… 생각만 해두… 그만 말할래요.

말자　그래도 널 나아서 키운 부모인데 너가 죽은 걸 알면 슬퍼했겠지.

경수　소식 듣고 현장에 왔더라구요. 그 자리에서 엉엉 우는데 아마, 마음은 그렇지 않을 거예요. 보상금이나 챙기겠죠… 내 앞으로 들어논 보상금… 그깟 돈이 뭐길래… 아저씨도 그 상황 보시면 이해할 거예요 한번 보실래요?

막수　짜식. 그래 오랜만에 영화 한 편 보자.

조명이 어두워지면.

경수가 관객 남녀 두 명을 객석에서 데리고 나온다.

그리고는 종이(대본을 주면서 똑같이 읽으라고 한다)

아버지 아이구 경수야! 불쌍한 것 경수야 경수야. 이 자식아
오토바이를 그렇게 타지 말라고 했는데 흐흐흑….

어머니 경수야 불쌍한 경수야!! 너 없이 난 어떻게 살라고
그러냐. 경수야. 흐흐흑….

경수 더 울어 보세요, 아주 슬프게, 다 한 거예요? 봤죠?
이래도 가짜가 아니에요? (관객에게) 들어가세요. 내가
죽은 게 불쌍한 게 아니라 보험금이 더 중요하겠죠.

민희 나두 마찬가지야. 아버지와 엄마가 열심히 공부하라
고 했는데 난 그게 싫었어. 학교에서도 왕따 당하는
것도 싫고 그래서 더욱 삐딱하게 나갔죠. 담배, 술,
남들이 싫어하는 거만 열심히 했으니까. 경수 만나
고 나서부터는 해방을 맞은 기분이었으니까요. 그게
얼마 동안이었지만 정말 신나는 일들이었어요.
부모한테 잔소리 안 듣고, 그런 것이 그냥 기분이 좋
았어요. 내 마음대로 할 수가 있고 누구 하나 뭐라고
하는 사람도 없었으니까요… 경수와 함께 오토바이
를 타고 여기저기 마음대로 갈 수가 있었어요… 전
화가 와도 받지도 않고 휴대폰도 버렸어요… 하루하

루가 지겨운 나를 경수는 부모보다도 더 따뜻하게 해주었어요… 우린 신나게 여기저기 달렸죠… 그리고 여기까지 온 거예요. 여기서 내 인생의 스토리는 끝이 났지만….

말자 인생의 반도 안 살고 왔으니 얼마나 불쌍하냐. 너를 잃은 부모의 마음이 오죽 하겠냐. 여보 애들이 불쌍해요.

막수 불쌍하긴 부모 말도 듣지 않고 지들 멋대로 살다가 끝장난 것들이야.

경수 그래요, 우린 아저씨 말대로 멋대로 인생을 살았어요. 하지만 어른들도 우리한테 이거 해라 저거 해라 하면서 어른들의 인생을 우리한테 강요하는 건 좋지가 않아요. 우린 나이는 어리지만 그렇다고 어린애는 아니잖아요.

막수 그래서 오토바이나 타고 다니면서 그 꼴이 되었냐?

경수 ….

막수 아직도 후회가 안 돼?

경수 … 살고 싶어요… 죽지 않고 살고 싶었어요.

막수 그래? 그렇게 생각하면 되는 거야. 네 부모도 이제야 너를 다시 느끼게 될 거다. 부모한테 가봐.

경수 가요? 어떻게요? 우린 이 동네에서 나가지 못하구 있는데요?

막수 내가 보내줄게.

경수　언제요?

막수　잠깐 저쪽 방에 가있어.

막수가 시키는 대로 한쪽에 있는 경수와 민희.
막수, 딸랑 하고 소리를 낸다.

막수　(사채를 보더니만) 흠, 이놈은 아주 인상이 더럽게 생겼
　　　어. 아주 재수 없는 놈이야. 이게 얼굴이야? 완전히
　　　개밥 그릇이지.

하면서 단 뒤쪽으로 간다. 모두 서 있으면 조명 다시 밝아지
면서 이때 스톱되어 있던 사람들 움직이기 시작한다.

사채　아따 목이 말라 미치것네, 으메 더운 거.

모두 사채를 바라보는데.

사채　어이, 아줌씨, 시원한 거 좀 갖고 오슈. 오메, 무서워
　　　라, 오메 무서워 미치것소. 저렇게 째려보는데 우리
　　　가 기다릴 필요가 있것소? 기냥 받아냅시다. 이 집도
　　　값이 꽤 나가겠는데요.

춘길, 순덕에게 눈짓을 한다.

순덕, 부엌으로 간다.

말자   여보, 저놈 우리 애들 재산을 빼앗으려고 온 놈인가
봐요.

막수   좀 더 지켜봐.

물을 떠오는 순덕.
받아 마시는 사채.

사채   아줌씨 섹시하게 생겼소. 오메, 시원하다 시원해, (다
시 제사를 올리는 가족) 아따 뭔 제사를 이렇게 오래 하
냐~~ 어이 거시기 아직도 멀었소? 쓰벌~ 누군 왕
년에 제사 안 지내봤나 뭔 제사가 이리 오래 걸려야.
거 퍼뜩 지내쇼. 대충대충 하면 되는 것인디 죽은 것
들이 뭘 알것소. 귀신도 없는디.

막수   아니, 저 자식이 우릴 뭐로 보고… 혼내줄까부다?

말자   냅도요. 어리석은 인간들이니까.

막수   아~ 또 열 받네. 너 이따 좀 보자 엉, 우리 마누라 덕
에 내가 참는 거다, 하~ 열받게 하네, 여보 혈압약.

사채   (제사상으로 어슬렁거리고 온다) 아따 푸짐하게도 차러부
렀어야. 뭔 죽은놈의 상을 이렇게 뻑쩍찌근하게 차
려뿌냐, 오메? 오메 아따 무시워라. 아따 영정사진이
인상을 팍 써 부네요, 오메 무서운 거.

이때 춘길 나온다.

춘길 이것 보세요, 보자보자 하니까 지금 뭐하는 겁니까.
지금 제사 지내는 거 안 보입니까? 남의 집 제사상에
서 뭘 하는 겁니까?

사채 오메 무서워라, 아따 그렇게까지 화낼 것이 뭐 있갔
소. 그라고 조상은 무슨 얼어 죽을놈의 조상, 아따,
죽으면 끝인디 안 그렇소.

하면서 뭔가 집어 먹으려는데 막수가 한 대 친다.

지금 날 쳤어?

또 집으려는데 막수가 때리려는데 확 고개를 드는 사채.

춘길 그만두시오. 당신 이러면 가만 안 있겠소.

사채 오메 오메 무섭네. 어쩔 건디, 어쩔 건디. 이 호로자
식을 그냥 확~

옷을 벗는다.
모두 말린다.
싸우려고 한다.

사채	아따 느그들이 승질 근대려야, 요런 호로 자식들이 있나.

싸우는 사람들.

말자	여보, 이러다가 큰일 나겠어요.
막수	(그제야 눈을 뜨고) 슬슬 시작해 볼까.

하면서 앞으로 나오는데
싸우는 사채의 뺨을 순덕이의 손을 빌어 때린다.
사채가 달려들면 물건을 던져서 발에 걸려 넘어지게 하고
사채가 때리려 하면 정순이의 발이 배를 강타하고
사채는 주머니에서 칼을 꺼낸다.
모두 놀란다.

말자	여보.
막수	냅도… 저것 땜에 저놈도 인생이 끝이야.
말자	….
사채	이 싸가지들 다 죽여 버리겠어.
춘길	아무리 내 동생이 당신 돈을 갖다 썼기로 남의 집에 와서 행패부리고 뭐하는 겁니까.
사채	그러니까 약속 지켜 부러야, 나의 돈을 띠어먹것다.
춘길	좋소 그럼 제사 지내고 얘기합시다.

사채	아따, 약속 안 지켜불면 이 집을 확 불살라버릴 텡께. 나가 저쪽 방 접수하것소. 아줌씨 술상 좀 거하게 차려 오쇼.
순덕	여보 어쩌면 좋아요….
춘성	형님 죄송해요. (무릎을 꿇는다)
춘길	너도 사정이 어려워서 그런걸. 어쩔 수 없잖니….
춘성	형님 으흐흑.
사채	술상!! 술상 차려 오랑께!!

하는데 경수와 민희가 사채의 뒤통수를 갈겨 버린다.
막수가 뭐라고 주문을 하자 안개가 끼면서 경수와 민희가 사라진다.
사채는 기겁을 한다.
무대 암전된다.

제2장

조명 들어오면 모두 모여 있다.

정순	안 돼요, 아버지 어머님께서 돌아가시면서 뭐라고 하셨어요. 재산을 똑같이 나눠가지라고 했잖아요. 절대로 그럴 수 없어요.

막수	우리가 똑같이 나눠 가지라고 했어?
말자	전 몰라요. 당신이 그렇겠죠.
막수	그러게 뭐든지 신중해야 하는 법이야. 재산 갖고 저런 모습을 보이는 건 보기가 안 좋아, 쪽팔려. 쪽팔려서 못 보겠어.
정순	난 절대로 양보 못해요. 외국에 나가있는 애들 아빠도 양보는 절대로 하지 말라고 했을 거예요. 차남도 권리가 있다고요.
미자	(불쑥 끼어들면서) 형님, 듣자듣자 하니까 너무 하시네요. 뭐 차남과 장남은 재산을 많이 가지라는 법 있어요? 그럼 우린 뭐예요? 우리도 권리가 있다고요… 여보.!
춘성	응? 그… 그래 우리도 권리를… 행사할 수가 있다는 말입니다.
미자	알아들었죠? 나도 여기 제사 때 내려오는 거 싫다고요. 이런 깡시골에 냄새도 나고… 서울에서 우리가 제사 지낼 테니 재산의 50%를 떼주세요.
정순	뭐? 50%? 미쳤어 미쳤어… 여기가 무슨 시장통이구 술집인줄 알아? 어쩐지 처음 볼 때부터 수상하더라. 아니나 다를까 삼촌을 꼬여내서 우리 재산을 빼앗으려고 위장결혼한 거야.
미자	뭐야? 위장결혼? 말이면 다하는 줄 알아.
순덕	그만해 모두… 재산은 모두에게 골고루 다 줄 테니

까… 여보.

춘길 … 그래도 이번 제사에는 형제들끼리 잘 제사 지내고 화목한 줄 알았다. 그런데 매번 제사 지낼 때마다 형제들끼리 얼마 안 되는 재산 갖고 싸우는 꼴을 더 이상 보기 싫다. 모두에게 재산을 나눠주겠다.

모두 눈이 휘둥그레진다.

미자 고마워요 큰 아주머님 호호호.

말자 난 저런 꼴이 싫어, 처음부터 싫었어.

막수 조용히 해.

말자 내가 결혼을 반대했더니 당신은 괜찮다고 하더니 꼴 좋군요.

막수 내 이상형이라 그랬지. 좋다구 했어? 저 녀석이 결혼 안 시켜 주면 죽는다고 하니까 허락한 거지. 좀 더 들어봐.

춘길 그래서 결정했다… 저 집 앞밭 2000평은 춘만이네 주고… 춘성이는… 들어오는 길 옆에 있는 땅 1000평 그걸 주겠다. 그리고 춘자네는 아버지 묘가 있는 선산을 주고.

미자 아니, 아가씨네는 한번도 제삿날 오지도 않았잖아요.

정순 으이구 저걸.

춘길 그리고 이 집하고 논 2500평은 우리가… 어차피 난

농사꾼이니까 농사를 지어야 하고 이 집은 조상님들
대대로 물려받은 거니 제사도 지내야 하고….

미자   안 돼요… 이 집도 처분해요. 두 분이서 사시는데 너
무 커요. 생각해 봤는데… 뭐. 조상들 제사를 그렇게
크게 지내요. 그냥 간단히 제사도 지내면 되지 죽은
사람들이 뭘 알겠어요. 요즘엔 인터넷 시대인 거 몰
라요? 인터넷으로 제사 음식 다 배달해 준다니까요.
그러니 이 집도 처분해서 나눠 주세요. 우리가 차릴
수 있어요.

춘성   여보….

미자   당신은 가만있어요. 우리라고 말을 왜 못해요? 장남
이라고 재산을 더 가지라는 법 있어요? 난 그렇게 못
해요. 그리고 서울서 살아봐요. 돈이 얼마나 드는데
이런 시골에 살면 무슨 돈이 들겠어요.

막수   아무리 내 이상형이지만 저건 아니야. 재수 없어.
뭐? 인터넷으로 제사 음식을 배달시켜? 저걸 그냥.

하면서 눈을 꿈쩍이는데 갑자기 말하는 미자의 입이 삐뚤어지
면서 말이 헛나온다.

미자   그러니. 엇… 써… 이. 찌~~~쁘불. 해결… 어머. 어머.

춘성   여보? 왜 그래 괜찮아?

순덕   동서 괜찮아?

미자	아! 아~아~아~아 이젠 괜찮아요. 아까 신경을 썼더
	니. (혼잣말) 기분 나쁜 집이야.
춘길	… 남자들끼리 할 얘기도 있고 하니 안에 들어가 계
	세요.

여자들, 안으로 들어가려는데.

정순	성님, 가요. (하면서 순덕을 데리고 들어가면)
미자	흥. (하면서 따라 들어간다)

춘성도 들어가려는데.

춘길	춘성아.
춘성	죄송해요 형님….
춘길	어쩌겠냐. 언젠가 이런 일이 일을 거라고 생각은 했
	다. 어차피 내 재산도 아니고 부모님께서 물려주신
	거니 각자 형제들끼리 나눠 가지는 것이 도리인 것
	을… 춘성아, 너의 집사람을 뭐라고 하는 건 아니지
	만 오늘은 너무 했어. 그리고 얘기 나온 김에 네 집
	사람 그게 뭐냐 추하게시리. 여자 하나 잘못 들어와
	서 이게 뭐야.
춘성	…. (눈치를 보다가 슬그머니 퇴장한다)
춘길	아버지 어머니 죄송해요. 형제들끼리 우애가 있어야

한다는 그 말씀을 지키려고 하는데 잘 안 되네요.

막수   짜식. 남자가 눈물은… 저 녀석이 눈물 나게 만드네. 감동이야 감동. 이렇게 감동적인 얘기는 아마 다른 집은 없을 거야. 가슴이 뭉클해지네.

말자   에구 내 새끼….

하다가 그만 넘어진다.
깜짝 놀라는 춘길.
아버지 어머니 갑자기 동작이 멈춘다.
춘길, 으아한 듯하다가 아무 일도 없는 듯 퇴장한다.

막수   휴~ 하마터면 들킬 뻔했네.

말자   여보. 우린 귀신이라며 쟤네들한테 안 보인다며.

막수   그런가? 하~ 너무 감동해서 깜빡 했네, 쉿, 누가 또 오는 모양이야.

미자 등장.

미자   당신 어쩜 그럴 수가 있어?

춘성   뭐가?

미자   서울에서 내려올 때 그 기세가 다 어디로 갔어? 뭐? 내려가자마자 형님들하고 담판을 지겠다고? 이번엔 절대로 양보하지 않겠다고 하면서 당당히 받아낼 건

다 받아내겠다고 하고서는 막상 이 집에 들어오면서
부터 꼬리가 팍 내리는 꼴은 뭐야? 형님이 주는 대로
받겠다고? 기가 막혀서. 어이구 내가 당신 같은 인간
하고 사는 것이 아깝지.

막수 그럼 끝내, 깨끗이 헤어져. 아주 끝내. 끝내. 끝내. 끝
내. 신난다!!

말자 여보~~~

막수 저년이 열 받게 하잖아. 하~ 또 열 받네 열 받어!!

말자 자기 이상형이라구 할 땐 언제고.

춘성 여보, 나 혼자 그러면 어떻게, 모두들 어렵다고 그러
는데 나도 미치겠어.

미자 당신도 어쩔 수 없이 이 집의 노예라고, 그저 시키면
시키는 대로 하잖아.

춘성 노예는 아냐.

미자 아니 그럼 큰 아주머니가 여기 니 꺼 없다 그러면
그냥 알았어요. 하고 돌아 갈 거야? 내가 미쳤지.
당신 같은 사람을 믿고 사는 내가 돌아버리지. 이그
인간아.

막수 이년을 깍~ 데리구 갈까부다.

말자 여보, 씨잘떼기 없는 소리 하지 말고 걍 있어봐요.

미자 아무튼 당신 이번에 단단히 각오해. 또 다시 사채업
자들한테 놀아나면 나도 이젠 지겹다고 지겨워.

춘성 알았어. 그렇게 화내지 마. 당신이 화내면 내가 미친

45

다고~~ 우~ 뽀뽀.

미자   에그. 한번만 봐주는. 야!

이럴 때 춘성의 머리를 탁 치는 막수.

막수   병신 같은 놈.

춘성   누구야?

막수   나다 나!! 왜? 어쩔래?

미자   당신 왜 그래?

춘성   누가 내 머리를 치잖아. 기분 나쁘게. 당신이 그랬어?

미자   이이가. 난 당신하구 뽀. 하고 있었잖아.

춘성   그런가. 이상하네… 여보, 뽀~~

하다가 뒤를 돌아본다. 막수가 또 한 대 때리려다 멈춘다.

막수   어휴! 들킬 뻔했네.

미자   아무튼 정신 바짝 차리자고.

춘성   알았다니까. (퇴장한다)

미자   암튼 이번엔 절대로 물러서지 않을 거야… 이 집도
          팔아버려야지. (하는데 막수가 손가락을 튕긴다. 미자의 뺨에
          뭔가 맞는 듯) 뭐야? 기분 나쁘게. 여기만 내려오면 기
          분이 안 좋아. 빨리 팔아 버리던가 무슨 수를 내야
          지 귀신 나올 집이야. (하는데 막수도 손가락을 튕긴다) 엄

마야!!

퇴장한다.

막수　기가 막혀. 아이구 기가 막혀.
말자　여보, 우리가 애들을 잘못 키웠나 봐요.
막수　에이, 그냥 성질 같아서는 혼내 주고 싶은데.
말자　여보, 시간이 얼마 없어요.
막수　에이 술이나 한잔 해야겠어.

이때, 등장하는 한 사람.

만수　실례합니다… 아무도 없나? 어찌 집안이 썰렁한 게
　　　　음산하기도 하고….
막수　저놈, 춘자 신랑 아냐?
말자　그러게요. 춘자는 이번에도 안 내려왔어요.
막수　저놈 술을 엄청 처먹어서 저 얼굴 좀 봐 썩었어. 곰
　　　　팡이 폈어. 어휴~ 이거 누룩곰팡이 봐~
말자　아이고, 내 딸 춘자만 불쌍하지.
만수　실례합니다, 다들 어디 갔지? (휙 둘러보고는) 집 좀 수
　　　　리하지 꼭 귀신 나올 거 같은 집이네.
막수　뭐? 귀신 나올 것 같다구? 여기 귀신 있다 임마. 나
　　　　찾아봐, 찾아봐. 이걸 그냥~

만수	뭐야? 갑자기 찬바람이 불고, 을씨년스럽게… 더럽게 기분 나쁘네. 칵~ 퉤, 퉤, 퉤. (침을 세 번 뱉는다) 기분이 엄청 나쁘네. (쓱 돌아보며) 오늘이 제삿날인 걸 아는데 벌써 다 끝났나? (하면서 제사상 앞으로 온다. 그리고는 술을 따라 마신다) 커~~ 역시 술이 최고야! 내가 이 맛에 산다니까.
막수	그 맛에 넌 죽을 거다 이놈아.
말자	여보, 그럼 우리 딸은 과부가 되는 거예요.
막수	과부나 이혼녀나 마찬가지지 뭐야. 저 자식 내가 첨 볼 때부터 싫었어. 건방지고, 첨 보는 날도 저렇게 술 처먹고 왔잖아, 술 처먹고 와서 쨍하고 해 뜰 날 노래 부르더니 여태까지 쨍하구 해 뜨기는커녕 쨍하고 깨지기만 했지, 여태 잘된 거 뭐가 있어? 술고래 같은 놈, 저걸 콱, 그냥 데리고 가~
말자	과부 만들지 말고 가만있어요.
막수	알았어, 저놈만 보면 열 받어 어휴 혈압, (둘이 퇴장한다)
만수	실례합니다. 안 계세요? 아무도 없어요?

이때, 나오는 순덕.

순덕	누구… 어머 오… 오셨어요.
만수	아, 이게 누구십니까? 아이고 처남댁, 아 실례합니다, 이거 불쑥 찾아와서….

순덕	아니에요.
만수	우리 집 사람 여기 왔죠?
순덕	영희 엄마요? 안 왔는데.
만수	그래요?
순덕	잠깐만요….

퇴장 한다.

등장하는 춘길.

춘길	어서 오게.
만수	형님, 우리 집사람 여기 안 왔어요?
춘길	안 왔어. 그렇잖아도 이번 제사에는 내려오기 바랬는데….
만수	하 이 사람 여기 내려 온다구 해 놓구선….
춘길	….
만수	형님 집사람하고 아직 법원에서 조정중입니다. 잘 될 거예요. 경찰서에서 조서 다 받고 다시는 행패부리지 않는다는 각서까지 쓰고 나왔습니다. 우리 딸 영희를 생각해서 다시는 술도 안 먹고 영희엄마한테 폭력도 안 쓸 겁니다.
춘길	….
만수	맹세할 수 있습니다 정말입니다, 진짜로 나 다시 태어나겠습니다. 형님. 나도 많은 생각을 했습니다. 개

과천선 하겠습니다. 형님! (갑자기 무릎을 꿇고 운다) 으
흐흐흐흑.

춘길 ….

정순 춘자 아가씨가 있으면 또 속겠어요.

만수 이제는요 속는 일도 없고 속이는 일도 없습니다, 하
나님한테 맹세할게요. 아니면 부처님 공자님 할렐루
야… (갑자기 찬송을 부른다) 내 주를 가까이 하게함은
십자가 진 길로 나아갑니다… 저요 교회도 나가구요
앞으로 영희엄마한테도 잘하고 애들한테도 좋은 아
빠가 되겠습니다.

정순 저번에 오실 때도 그런 말 했어요.

만수 내가요? 하 참, 이젠 저 좀 믿어 주세요.

춘길 춘자가… 여기 온다구 했었나?

만수 그게… 분명히 오늘 제사라는 건 알거든요. 달력
에 동그랗게 표시를 해놓아서 여길 오는 줄 알았는
데….

춘길 이왕 왔으니 오늘은 여기서 지내고.

만수 그럼요 밤도 깊어서… 내일 날 새면 춘자씨를 찾아
서 행복하게 잘 살게요. 형님 죄송해요.

막수 말은 뻔지르하게 잘하네.

미자 (독백) 어휴, 저 인간이 왜 왔어, 돈 냄새 맡았나?

춘성 매제, 잘 내려왔어.

만수 셋째 형님, 제가요, 우리 춘자씨 보고 싶어서 번개같

이 달려 왔다니까요. 제가 이번 사업이 팡팡 터지면
말입니다. 내가 이 동네에다 멋진 집을 하나 지어서
사랑하는 춘자씨와 함께 행복하게 살려고 합니다.

정순 허풍 또 시작이야.

춘길 술은 끊었나?

만수 술이요? 술? 아~ 끊었죠. 다신 안 먹습니다.

막수 거짓말하지 마 임마. 아까 처먹었잖아 내가 다 보구
있어. 저걸 그냥.

말자가 조용하라고 툭 친다. 넘어지려고 하는데 사람들이 무슨
소리인가 모두 그쪽을 바라보는데, 막수 긴 호흡을 한다. 모두
다시 이상하다는 표정들.

미자 (안 들리게) 기분 나쁜 집이야. 빨리 처분해야 해.

춘길 그래, 자넨 다 좋은데 그 술이 사람을 잡는 거야. 이
제부터 술도 끊고 열심히 살아.

만수 알겠습니다. 형님, 형님, 오늘은 형님하고 한잔 하고
싶은데요. 아, 그래도 쬐끔은 먹어야… 사람 사는 맛
이 그런 거죠. 뭘 하하하. 하하~ 하하 하하하.

조명, 서서히 암전.

제3장

저녁 조명, 바람소리가 들려온다.

안에서 들려오는 사람들의 웃음소리.

바람소리 들리면서 막수 나온다.

막수도 퇴장 하려는데, 이때 안에서 나오는 사채.

사채 아따 변소가 어디 있어야… (하면서 한쪽에서 소변을 눈
다) (멈춰서는 막수) 오메 시원하네.

이때 누군가 나오는 인기척에 몸을 숨긴다. 그러다가 막수와
부딪친다.

하지만 사채는 이상하다는 듯 넘어지고 다른 곳으로 숨는다.

나오는 미자 부부.

미자 그 말이 사실이야?

춘성 나도 모르는데 보물이 이 집 어딘가에 숨겨져 있대.

미자 어디?

춘성 그건 나도 모르지, 아버지 어머니도 모르셨을 거야.

말자 뭔 소리예요? 보물이라니? 나한테 뭐 숨기는 거 있
었어요?

막수 숨기긴 뭘 숨겨? 나도 옛날에 아버지한테 들은 얘긴

데 그냥 옛날 얘기야.

말자 들은 얘긴데 쟤네들이 저래요?

막수 보물에 미치면 다 저래.

춘성 옛날에 아버지, 아버지, 아버지에….

미자 고조 아버지.

춘성 그래, 고조 아버지, 그분이 어느 날 저 앞바다에 고기잡이 나갔다가 바다에서 무슨 궤짝을 걷어 올렸는데 그 속에 엄청난 금은보화가 가득 있더라는 거야, 그래서 그걸 집으로 갖고 와서 숨겼는데, 이 집 어디 있다는 거야.

미자 보물? 정말 이 집 어딘가에 그 보물이 있는 거야? 됐어.

춘성 뭐가?

미자 우린 부자야. 여보, 여보 역시 당신뿐이 없어.

춘성 이 사람이 갑자기 왜 그래.

미자 그 보물 우리가 먼저 찾는 거야. 찾는 게 임자니까. 그리고 찾자마자 도망치자. 값도 엄청날 거야, 그럼 사채 돈도 갚고도 남을 보물… 생각만 해도 몸이 떨리네. (막수가 옆에 바짝 다가간다) 근데 여보 왜 이렇게 추워?

춘성 추워? 날씨는 안 추운데? 감기 걸리는 거 아냐?

미자 몰라. (막수가 미자의 코를 간지럽힌다) 에취!!

춘성 감기네.

미자 여보 춥다.

춘성 추워? 이리 와. (하면서 안아준다)

이때 정순 나오다 발견한다.

정순 어머? (급히 떨어지는 미자와 춘성 급히 뒤쪽으로 사라진다)
홍, 술집 출신들은 아무 데서나 껴안고 난리를 친다
더니, 어휴, 격 없이, 껴안구, 비비구. 그러려면 읍내
에 있는 모텔로 가던가… 근데 그걸 어디서 찾지….
(퇴장)

미자와 춘성 다시 나온다.

춘성 아까는 민망해서 혼났네, 하필이면 그때 나오셔서….

미자 어때서, 자기들은 안 그러나? 내숭은 저런 것들이 부
뚜막에 먼저 올라간다니까. 여보, 일단 그 문제는 나
한테 맡겨. 어디 있어?

춘성 형님, 한테 있는 거 같아. 설마 당신?

미자 호호호. (퇴장한다)

춘성 저 사람. 도저히 못 당하겠어. 하지만 완벽한 여자야.
(퇴장한다)

이때, 나오는 사채.

54

사채   보물? (퇴장한다) 아따 그러니께 500년 전 보물이 이 집 어딘가에 있다고라. 500년 전 보물이… 그걸 알아내야 혀. 이 집 구석 구석 어딘가에 있을 것잉게. 500년 된 보물이면 돈도 꽤 나가불 거다. <u>흐흐흐.</u> (퇴장한다)

이때, 나오는 사람들.

순덕   여보, 그 말이 사실이에요?

춘길   그게 어딘지 모르겠어.

순덕   그럼 아예 찾아보죠. 이왕 이렇게 식구들이 다 모였는데.

춘길   오늘 제삿날이야. 제삿날 지나고 조용할 때 그때 다시 찾아봅시다.

미자   잠깐만요. 그럼 아주머니께서 먼저 찾으시면 우리한테 알리지도 않고 보물을 찾아서 몰래 혼자 다 차지하려는 거 아네요.

정순   저, 저 말하는 거 좀 봐. 자기가 그러니 다 그렇게 보이나 보지 흥.

미자   내가 틀린 소리 했냐고요? 막말로 형님네도 그런 생각했을 거 아니야, 겉으로는 아닌 척하고 속으로는 보물을 차지하겠다는 생각.

춘성   여보….

춘길   모두 조용히 해요 난 그 보물을 찾았다 해도 모두에 게 공평하게 할 겁니다. (퇴장한다)

사람들 눈치 보며 모두 퇴장하는데.

미자   당신 아주머님 말씀 하시는 거 들었지? 정신 바짝 차려.
춘성   알았어.

조명 암전된다.

제4장

조명 들어오면 더욱 어두운 밤.
한쪽에서 몰래 나오는 그림자. 미자다.

미자   이곳 어딘가에 숨긴 게 틀림없어.
막수   혼 좀 나게 해볼까.
말자   여보.
미자   이쪽인가? 저쪽인… 가… (하는데 막수가 손으로 얼굴을 가렸다 띄면 파란 조명이 막수의 얼굴에 비친다. 귀신 ㅋㅋ) 귀… 귀신… 으~아 여보~~ 여보~~

춘성 나오며,

춘성 왜 그래, 여보.

미자 귀… 귀신… 내가 이 집이 싫다고 했잖아… 귀신 나
올 거 같다고.

춘성 귀신이 어디 있어… 쉬~ 쉬~ 없잖아.

미자 아까 저쪽에 있었다구….

춘성 참나, 당신이 헛것을 본 모양이지.

미자 그… 그런가… (큰 기침을 하고는) 여보, 이쪽을 파볼까?

춘성 아냐, 아무려면 그쪽이겠어? 조상들이 어리석게 여
기 있소, 하고 쉽게 파묻었겠냐고.

이때 다른 쪽에서 정순 나온다.

정순 동서네가 어떡하면 뜯어가려고 그러는 거 분명히 그
집도 어딘가에서 보물을 파내고 있을 거야. 이럴 때
그이가 있어야 하는데…. (하면서 퇴장)

한숨을 크게 쉬는 막수와 말자.

막수 한심하다 한심해.

말자 어쩌다가 우리 애들이 다 저 지경이 되었는지.

이때 또 나오는 춘길과 순덕.

순덕   여보, 당신까지 그러면 어떡해요. 시동생들이 보면 어쩌고 또 동서들이 보면 뭐라고 그러겠어요.

춘길   내가 보물을 찾으려는 건 다 동생들을 위해서 그런 거야. 재산을 분배해야 할 때고….

순덕   재산은 아버님 어머님 돌아가시면서 모두 나눠줬잖아요.

춘길   그래도 춘성이 문제도 있고 땅을 판다해도 요즘 시세도 얼마 안 나올 거고 이 집도 그렇고… 저 건넌방에 있는 춘성이가 데리고 온 사람들 돈도 내일 아침까지 마련해야 하고…. (긴 한숨)

순덕   난 모르겠어요. 이게 잘하는 짓인지 당신 말에 따르긴 하겠지만.

춘길   어서 저쪽 뒤뜰로 가 봅시다. (하는데 다른 쪽에서 또 한 사람 나온다)

비틀대며 나온다.

만수   다들 어디 간 거야? 아무도 없게. 나보고 술을 끊으라고? 이 좋은 술을 어떻게 끊냐구? 특히 오늘같이 제사 때 말야. 오늘만 딱 한 잔하고 내일부터는… 좋다 끊자. 역시 술이 최고야. (그러고 있다가 제사상에 눈이

간다) 아버님, 어머님, 술이란 게 안주가 있어야 하거든요. 하나만 실례합니다. (술을 따라 마시다가) 역시 술이 최고지, 최고야!!

막수 넌 그 술 때문에 간다니까 짜샤!!

만수 술 술 잘 넘어가는 술… 어어어어~~

하다가 발을 헛디뎌서 그만 뒤로 고꾸라지는 만수.

막수 저럴 줄 알았지.

말자 어떻게 됐어요?

막수 끝난 거야.

말자 끝나요?

막수 인생 쫑이다. 이거지 이거. (손으로 목을 치는) 쟤도 이제 우리와 똑같애.

이때 나오는 사람 그러다가 만수 발에 걸려 넘어진다.

미자 에고 이게 뭐야? 에구머니. 일어나 봐요 어서 일어나… 에구머니.

하면서 만수 머리에 받친 돌을 꺼낸다. 이때 정순 나오다 본다.

정순 어머나, 동서 뭐하는 거야? (미자, 그제서야 돌을 집어 던진다) 아니, 형님!! 형님!!

모두 나온다.

춘길   어떻게 된 거예요?
정순   (겁에 질려서) 그, 그게, 저, 저, 동서가 돌로 내리쳐
         서….
미자   네?
춘성   여보?
미자   아, 아냐. 난 아니야. 내가 안 그랬어.

무대는 암전된다.

제5장

조명 들어오면 만수 옆에 시체가 누워 있다.
이때 죽은 만수 일어난다.
일어나서 뭔일이 있나 살핀다. 그러다가 사람들이 우는 걸
본다.

만수   왜들 이래? 아 왜 그래요?
막수   아무리 불러도 소용없어.

만수   그래도 그렇죠. 날 보고 못 본 척하잖아요. (그러다가 막수와 말자를 보다가 기겁을 하고 놀랜다) 누, 누구세요? 아버님? 어머님?

하면서 벌렁 누워 버린다.

막수   쑈하고 있네, 야 임마 넌 죽었는데 또 죽냐? 쑈 하지 말고 일어나.

만수   (일어나며) 죽어요? 내가? 왜요?

막수   넌 술 처먹고 비틀대다가 돌부리에 걸려서 넘어져서 죽은 거야. 잘 됐다 이제부터 우리와 함께 다니면 되겠다. 심심하던 차에 잘 됐어.

만수   안 돼요! 이제 다시 개과천선해서 잘 살아 보려고 했는데 왜 절 데리고 가시는 거예요.

막수   넌 넘어져서 죽지 않았으면 술을 너무 처먹어서 간 땡이가 터져서 죽을 몸이야 좀 일찍 온 것뿐이지. 이왕 온 거 어린애처럼 울지 말고 이리 와 구경해. 재미있어.

춘길   그러니까 제수씨께서 나와 보니 제수씨께서 돌을 들고 처남을 내리 찍었단 말씀이에요?

정순   그렇다니까요. 내가 두 눈으로 똑똑히 봤어요. 분명 저 돌을 들고 이렇게 했다니까요. 아무리 보물에 눈이 어두워도 그렇지. 홍 내 그럴 줄 알았다니까.

미자 난 아니야 안 그랬어. 나와 보니 죽었다고. 진짜로 죽어 있었어. 난 억울해. 으흐흑 그리고 나만 보물을 찾았어요? 당신들도 모두 보물을 찾으려고 했잖아요. 난 돌을 치웠을 뿐이라고요.

춘성 여보 진정해….

정순 그걸 누가 믿어.

만수 내가 돌에 맞아 죽었어요? 아니면 넘어져서 죽었나요?

막수 넘어져서 죽었지.

만수 그런데 왜 돌로 쳐서 죽었다고 하죠?

막수 그 상황이 그땐 그렇게 되었어. 시간의 차이지. 좀 더 일찍 발견한다거나 그러면 또 모르지.

만수 그럼 부탁 좀 들어주시면 안 돼요?

막수 무슨 부탁인데?

만수 이제 나도 이승사람이 아니고 저승 사람인데 이승에서 저 사람들하고 인연이 있으면 있던 건데 좋은 일하나 해볼려구요. 저 사람들 오해를 풀고 싶어요.

막수 그건 나도 못해. (퇴장한다)

만수 내가 죽다니 이건 말도 안 되는 일이야. (이때 다시 나오는 막수) 에그 귀신이네.

막수 너도 이젠 귀신이야 좀 익숙해져봐.

만수 네… 한번만 다시 해주세요. 서비스 차원에서요.

막수   서비스 차원? 한번뿐이다….

막수, 뭐라고 주문을 외듯 하자 바람소리 조명 다시 어두워
진다.

제6장

다시 전 상황이 된다.
만수 비틀거리고 나온다.

만수   다들 어디 간 거야? 아무도 없게. 술이 최고야 술이.
난 보물 따위는 다 필요없다구. 오직 술 술이 최고
야!! 어어어어~~

넘어진다.
이때 나오는 미자.

미자   어머,

돌을 꺼내려는데 막수가 손짓을 하자 미자가 돌을 꺼내다 말
고 쓰러진 만수를 일으킨다. 이때, 정순 나온다.

정순   거기 왜 그래? 어머 형님 형님!

모두 나온다.
모두 스톱 모션
(암전된다)

제7장

제사상 위에 단 하나가 더 생겨있고 거기에 만수도 있다.
모두 골똘하게 생각한다.

춘성   형님. 제삿날에 또 제사를 지내니 무슨 날벼락이에
         요. 벌 받은 거예요. 내일 날 밝으면 매제 초상이나
         거하게 치러줍시다. 그리고 각자 올라가시죠.

미자   난 그럴 수 없어요. 죽은 사람은 죽은 사람이고 산 사
         람은 살아야해 난 이번엔 꼭 받아갖고 올라갈 거야.

춘성   여보.

미자   당신 또. 아니 그놈의 사채 인간들이 내일 아침까지
         갚으란 소리 못 들었어? 난 꼭 보물이 필요해. 아니,
         이왕 이렇게 된 거 이 자리에서 분배합시다.

정순   듣자듣자하니 너무 하네. 지금 사람이 죽었는데 그
         말이 나와.

미자	우리처럼 한번 당해 봐요 그 말이 안 나오나.
정순	그러게 돈을 잘 써야 할 거 아닙니까.
춘성	형수님….
정순	왜요? 내가 틀린 소리 했어요?

서로 말다툼을 하는데 막수 손짓을 한다.
갑자기 앉아있던 순덕 벌떡 일어난다. 모두 쳐다본다.
그리고는 막수가 시키는 대로 한다.
그리고 어느 구들 기둥 밑에서 뭔가 꺼낸다.
함지 같은 걸 꺼낸다.

만수	이햐~ 저기 있었네, 진작에 나한테 가르쳐 주시지….
막수	넌 죽었잖아 임마.
정순	형님….

그제야 정신이 드는 순덕.

순덕	엉?
춘길	여보, 당신… 이거 여기 있는 걸 어떻게 알았어?
순덕	나도 몰라요.

막수, 말자, 만수, 얼른 숨는다.

사채	아따, 오늘 저녁은 보물찾기 하기가 딱 좋소. 어메? 어메? 벌써 찾았어야.

아이고, 500년이나 된 귀한 보물을 찾아 뿌렀네. (뺏으려 한다)

모두 움찔하는 사람들 그러다가 다시 보물을 갖고 싸운다.
싸우다가 사채가 칼을 꺼내고 찌르려는데 어쩌다가 넘어지면서 자기가 찔린다. 쓰러지는 사채.
모두 조용하다 스톱 모션. 쓰러진 사채 일어난다.

사채	어메, 왜들 그러고 있어야? 덤벼 덤벼 이 자식들아!!!
막수	이놈.
사채	아따~ 보물 때문에 온 동네 떨거지 노인들까지 다 모여부렀나 본디, 덤벼, 덤벼~~떨거지들아~
막수	떨거지? 떨거지가 어떡하나 잘 봐 까불고 있어, 이야~~~

그러자 갑자기 붉은 빛이 도는 무대, 한 무리의 탈을 쓴 괴수(?) 사채를 끌고 어둠속으로 사라진다.

사채	살려줘~~ 살려줘~~

다시 조명 원상태가 된다.

이때 눈짓을 하는 미자. 춘성은 보물을 몰래 가로챈다.

정순   뭐하는 거예요, 이래 내놔요.

미자   안 돼.

순덕은 넋 놓고 앉아 있고, 춘길, 정순, 춘성, 미자 모두 혈안이
되어 보물 상자를 빼앗으려는데 이때 들리는 엄청난 소리.

말자   이놈!!

춘길   어머니?

춘성   아버지?

막수   네 이놈!! 썩을놈!!

그 소리에 모두 멈춘다.

갑자기 안개 같은 것이 피어오른다.

그러자 제사상 뒤쪽에 나타나는 막수 말자 만수.

모두 놀랜다.

조명 암전된다.

〈끝〉

한국 희곡 명작선 175
이놈 네이놈 썩을놈
동 . 상 . 이 . 몽 同 . 床 . 異 . 夢

초판 1쇄 인쇄일   2024년 10월 16일
초판 1쇄 발행일   2024년 10월 25일

지 은 이   봉회장
만 든 이   이정옥
만 든 곳   평민사
            서울시 은평구 수색로 340 〈202호〉
            전화 : 02) 375-8571 / 팩스 : 02) 375-8573
            http://blog.naver.com/pyung1976
            이메일   pyung1976@naver.com
등록번호   25100-2015-000102호
ISBN   978-89-7115-860-9 04800
            978-89-7115-663-6 (set)
정   가   8,000원

이 책은 사단법인 한국극작가협회가 한국문화예술위원회의
2024년 제7차 대한민국 극작엑스포 지원금을 받아 출간하였습니다.